Le dragon
du mont Fuji

Titre original : *Dragon of the Red Dawn*
© Texte, 2007, Mary Pope Osborne.
Publié avec l'autorisation de Random House Children's Books,
un département de Random House, Inc., New York, New York, USA.
Tous droits réservés.
Reproduction même partielle interdite.
© 2009, Bayard Éditions pour la traduction française
et les illustrations.
© 2011, Bayard Éditions.

Coordination éditoriale : Céline Potard.
Réalisation de la maquette : Karine Benoit.
Illustration de couverture et illustrations intérieures : Philippe Masson.
Colorisation de la couverture, illustrations de l'arbre, de la cabane
et de l'échelle : Paul Siraudeau.

Loi n° 49-956 du 16 juillet 1949
sur les publications destinées à la jeunesse.
Dépôt légal : février 2009 – ISBN : 978 2 7470 2736 6
Imprimé en Allemagne par CPI – Clausen & Bosse

La Cabane Magique

Le dragon
du mont Fuji

Mary Pope Osborne

Traduit et adapté de l'américain
par Marie-Hélène Delval

Illustré par Philippe Masson

Septième édition

bayard jeunesse

Léa

Prénom : Léa

Âge : sept ans

Domicile : près du bois de Belleville

Caractère : espiègle et curieuse

Signes particuliers : ne manque jamais une occasion d'entraîner son frère Tom dans des aventures mouvementées, sans se soucier du danger.

Tom

Prénom : Tom

Âge : neuf ans

Domicile : près du bois de Belleville

Caractère : studieux et sérieux

Signes particuliers : aime beaucoup
les livres, qui l'aident à se sortir
de situations périlleuses.

★

Les trente et un premiers voyages de Tom et Léa

Tom et Léa ont découvert dans le bois de Belleville, perchée en haut d'un chêne, une cabane pleine de livres. C'est une

cabane magique !

Elle appartient à la fée Morgane, une magicienne et une célèbre bibliothécaire qui voyage à travers le temps et l'espace pour rassembler des livres.

Nos deux jeunes héros ont déjà vécu des **aventures extraordinaires** ! Il leur suffit d'ouvrir un livre, de poser le doigt sur une image en souhaitant se trouver à l'endroit représenté, et ils y sont aussitôt transportés !

★

Dans le dernier tome,
souviens-toi :

Merlin a envoyé Tom et Léa à New York pour délivrer une licorne ensorcelée depuis quatre siècles. Dans le blizzard, ils ont traversé Central Park à la recherche d'indices, en essayant d'échapper aux griffes des affreux Balor et Grinda...

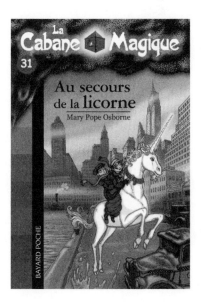

Nouvelle mission

Tom et Léa
partent au
Japon

pour trouver un des
secrets du bonheur
et sauver Merlin !

Sauront-ils éviter tous les dangers ?

★ ★ ★ ★ ★ ★

Lis vite
ce nouveau « Cabane Magique »
et aide nos deux héros à remplir
la mission que leur a confiée Morgane !

Prêt à suivre Tom et Léa
dans leurs dangereuses aventures ?

Bon
voyage !

Au secours de Merlin

Tap…, tap…, tap…

Tom est profondément endormi. Il rêve qu'un oiseau blanc tape du bec contre la vitre.

Tap…, tap…, tap…

Un oiseau rouge le rejoint.

Tap…, tap…, tap…

– Tom, réveille-toi vite ! chuchote Léa. Ils sont là !

Le garçon ouvre les yeux et regarde sa sœur d'un air effaré :

– Hein ? Qui ? Les oiseaux ?

– Mais non ! Teddy et Kathleen ! Ils jettent des cailloux sur les carreaux.

La petite fille court à la fenêtre et fait de grands signes. Tom saute du lit pour la rejoindre.

Les deux jeunes magiciens du royaume de Camelot, habillés de vêtements sombres, sont dans le jardin. En souriant, ils répondent au salut de Léa.

– C'est Merlin qui les envoie, suppose Tom.

Teddy tend le doigt en direction du bois de Belleville. Léa approuve de la tête.

– Ils vont nous attendre à la cabane, dit-elle. Vite ! Allons-y pendant que papa et maman dorment encore !

Elle court vers sa chambre pour s'habiller. Sur le seuil, elle lance à son frère :

– N'oublie pas la baguette de Dianthus[1] !

Tom enfile un jean et un pull. Il attrape son sac à dos et vérifie si la baguette magique, taillée en forme de corne de licorne, est bien dedans. Puis il descend l'escalier sur la pointe des pieds.

Sa sœur est déjà sous le porche.

– On y va ! souffle-t-elle.

Tout en remontant la rue, ils discutent à voix basse :

1. Lire le tome 31, *Au secours de la licorne*.

– Je me demande pourquoi Teddy et Kathleen sont venus nous chercher, fait Léa.

– Et où ils vont nous envoyer, ajoute Tom.

Les voilà sur le sentier du bois. Bien que mars soit arrivé, les arbres bourgeonnent à peine. Les branches du plus grand chêne sont encore nues. La cabane magique est là, tout en haut.

Les enfants se dépêchent de grimper à l'échelle de corde.

– Bonjour, vous deux ! s'écrie la Selkie quand ils arrivent.

– On est contents de vous revoir, enchérit Teddy.

Après de joyeuses embrassades, Tom interroge les jeunes magiciens :

– Quelle sera notre mission, cette fois ? Où Merlin nous envoie-t-il ?

Teddy échange un regard avec Kathleen avant de déclarer :

– En fait, on vient vous demander un service.

– Comment ça ?

– Merlin ne va pas bien, explique Kathleen. Il est déprimé, il répète sans cesse qu'il est trop vieux, qu'il a perdu ses forces, que la vie n'est que peine et chagrin. Il ne mange plus, il ne dort plus.

– Oh ! lâche Léa, désolée.

– À Camelot, tout le monde essaie de le réconforter, continue Teddy. Mais personne n'y parvient.

– Et vous croyez que nous, on réussira ? s'étonne Tom.

Teddy ramasse un livre sur le plancher de la cabane :

– Depuis toujours, les hommes cherchent les secrets du bonheur. Morgane espère que vous en découvrirez quatre pour les partager avec Merlin. D'après elle, le premier pourrait se trouver *là…*

Il désigne le livre. Tom lit le titre :

VOYAGE DANS LE JAPON D'AUTREFOIS

– Merveilleux ! s'exclame Léa. On n'est jamais allés au Japon !

Teddy hoche la tête :

– Eh bien, vous allez découvrir la capitale de ce beau pays.

– Vous venez avec nous ? s'enquiert Léa, pleine d'espoir.

– Non, malheureusement, soupire Kathleen. Nous devons rentrer à Camelot aider Morgane. Depuis que Merlin est malade, elle a deux fois plus de travail.

– Vous avez la baguette de Dianthus, n'est-ce pas ? reprend Teddy. Grâce à elle, vous pourrez créer votre propre magie.

– Oui, se souvient Léa. C'est ce qu'a dit Merlin quand il nous l'a donnée.

– Seulement, intervient Tom, il ne nous a pas précisé *comment* elle fonctionne.

– C'est très simple, lui assure Teddy. Il y a trois règles à respecter. Premièrement, la baguette ne sert qu'à faire le bien ; il faut penser aux autres avant de penser à soi.

– Deuxièmement, on ne peut l'utiliser qu'après avoir essayé tous les moyens possibles, continue Kathleen. Ne soyez jamais trop pressés de recourir à la magie.

– Troisièmement, termine Teddy, la baguette n'a de pouvoir que si on lui donne un ordre en cinq mots. Aussi, choisissez-les bien !

Tom sort son carnet et demande :

– Vous pouvez répéter ? Parce que je…

– Pas la peine, l'interrompt Léa, j'ai tout retenu. Allons-y ! Ne faisons pas attendre Merlin.

Tom s'inquiète soudain :

– Mais…, si la cabane nous emmène au Japon, comment allez-vous retourner à Camelot ?

Teddy et Kathleen lèvent la main. Chacun d'eux porte au doigt un anneau bleu qui jette des éclats de lumière.

– Grâce à notre anneau magique, dit la Selkie.

Teddy désigne alors l'album du bois de Belleville :

– Et, comme chaque fois, ceci vous ramènera chez vous quand vous aurez accompli votre mission.

Léa embrasse leurs amis :

– Au revoir. Prenez soin de Merlin !

– On fera de notre mieux, promet Kathleen.

Les deux jeunes magiciens portent leur anneau à leurs lèvres. Ils chuchotent une formule, si bas que ni Tom ni Léa ne l'entendent. Mais, dans l'air froid du petit jour, leurs silhouettes s'effacent peu à peu. En quelques secondes, ils ont disparu.

Léa se tourne vers son frère :

– Prêt ?

Le garçon hoche la tête. Tenant fermement le livre sur le Japon, il pose le doigt sur la couverture et déclare :

– Nous souhaitons être transportés ici !

Aussitôt, le vent se met à souffler, la cabane à tourner. Elle tourne vite, de plus en plus vite. Elle tourbillonne comme une toupie folle.

Puis tout s'arrête, tout se tait.

2

Le Jardin impérial

Un rayon de soleil se faufile dans la cabane. Une branche en fleurs se balance doucement devant la fenêtre.

Comme à chacun de leurs voyages magiques, Tom et Léa sont vêtus selon la mode du pays où ils viennent d'arriver.

Cette fois, leurs pieds, protégés par d'épaisses chaussettes de coton blanc, sont chaussés de sandales de paille. Ils portent de larges pantalons et une tunique de soie croisée sur la poitrine, fermée par une ceinture.

– On dirait un peignoir de bain, dit Tom.

– Mais non ! Ce sont des kimonos ! Où sommes-nous ?

Les enfants vont regarder dehors. Ils découvrent un merveilleux jardin, planté de cerisiers en fleurs et de saules pleureurs. Une cascade tombe avec de joyeuses éclaboussures dans un étang d'eau verte.

– C'est beau ! s'exclame Léa.

Son frère feuillette le livre et trouve une peinture représentant ce jardin. Il lit :

Au XVIIe siècle, le Jardin impérial entourait le Palais impérial, dans la capitale du Japon. La cité s'appelait alors Edo.
Beaucoup plus tard, son nom devint Tokyo.

– J'ai toujours eu envie d'aller à Tokyo ! se réjouit Léa.

Tom poursuit :

À cette époque, le Japon connaissait la paix et la prospérité. Mais le pays était fermé au monde extérieur. Aucun étranger n'avait le droit d'y pénétrer. Les habitants d'Edo ne pouvaient pas se déplacer sans leur passeport.

– Un passeport ? Pour quoi faire ? s'étonne Léa.

– Pour qu'on sache qui ils étaient, je suppose, et s'ils venaient d'un autre pays. D'ailleurs, écoute ça :

Toute personne surprise sans son passeport était accusée d'espionnage et sévèrement punie.

– Aïe ! fait Léa. On n'en a pas, nous !

– Tu as raison. On risque d'avoir des ennuis…

– Si on se servait de la baguette de Dianthus pour s'en fabriquer ?

– Bonne idée !

Tom fouille déjà dans son sac – qui s'est transformé en besace de toile – quand sa sœur l'arrête :

– Attends ! On ne peut pas faire ça. Rappelle-toi : on doit penser aux autres avant de penser à nous ! Et il ne faut pas utiliser la magie tant qu'on n'a pas essayé tous les autres moyens.

– C'est vrai.

– Alors, tâchons de trouver l'un des secrets du bonheur sans nous faire remarquer…

À cet instant, Tom met un doigt sur sa bouche :

– Chut ! Écoute !

On entend un tintement, au loin, puis un martèlement de sabots. Les enfants s'accroupissent, les yeux au ras de la fenêtre pour voir sans être vus.

Un cortège s'avance à travers les arbres en fleurs.

L'homme qui marche en tête agite une cloche. Puis viennent deux porteurs de bannières. Derrière eux, quatre cavaliers chevauchent au pas. Ils ont la tête rasée, sauf à l'arrière du crâne, où leurs cheveux noirs sont relevés en chignon. Chacun d'eux porte deux sabres à la ceinture, un long et un court.

À la fin du cortège, un homme, vêtu d'un magnifique kimono pourpre et coiffé d'un curieux chapeau plat, monte un grand cheval noir. Les harnais de l'animal sont ornés de pompons rouges.

Tom feuillette vite le livre. Il trouve une image représentant le cavalier. Il lit :

Au XVIIᵉ siècle, le gouverneur – le shogun – vivait dans un gigantesque palais, au cœur du Jardin impérial. Sa garde était composée de samouraïs.

– J'ai vu un film japonais, une fois, se souvient le garçon. Les samouraïs étaient de terribles guerriers !

Il continue sa lecture :

Les samouraïs étaient d'excellents cavaliers, bien entraînés dans l'art du combat, doués d'un grand pouvoir de concentration. Ils ne devaient jamais montrer leurs émotions, et leur code d'honneur était très strict.

– Ouf ! Ils s'éloignent, souffle Léa, soulagée.

En effet, le cortège disparaît derrière les arbres.

– On ferait bien de filer d'ici, dit Tom.

– Oui ! Mais de quel côté est la sortie ?

Le garçon cherche un plan dans le livre. Il suit le trajet du doigt :

– Voilà ! Il faut rejoindre ce pont, à l'est. Il mène dans la ville.

Léa s'abrite les yeux du revers de la main :

– L'est, c'est par là, du côté du soleil levant. On y va !

– Les samouraïs allaient de l'autre côté, ça tombe bien !

La petite fille se dirige déjà vers la trappe.

– Soyons prudents, recommande Tom. Mieux vaut que personne ne nous voie tant qu'on est dans le Jardin impérial !

Il range le livre et balance son sac sur son épaule. En descendant l'échelle, il se prend les pieds dans son large pantalon.

– Tu parles d'un costume, grommelle-t-il.

Il se dépêche de rattraper Léa. Un coup de vent envoie des pétales de fleurs de cerisiers voltiger dans les airs. Les longues branches des saules frissonnent.

Les enfants avancent en surveillant les alentours, prêts à se cacher s'ils aperçoivent quelqu'un. Ils passent sur des pelouses fleuries ornées de gros rochers, longent un étang où nagent des cygnes.

Soudain, au bout d'une allée ombragée, apparaissent quatre hommes qui marchent vers eux. L'un d'eux, petit et âgé, porte un chapeau de paille et s'appuie sur une canne.

Les autres, avec leur chignon à l'arrière du crâne et les sabres qui pendent à leur ceinture sont…

– Des samouraïs ! chuchote
Tom. Viens ! Courons !

Les enfants font demi-tour et détalent.

– Halte ! crie l'un des samouraïs.

Et les trois guerriers se lancent à leur
poursuite.

Tom et Léa sont bientôt hors d'haleine. Ils s'arrêtent et leur font face.

– Qui êtes-vous ? rugit le premier samouraï. Pourquoi fuyez-vous ? Êtes-vous des espions ?

Tom ouvre la bouche pour répondre. À cet instant, une voix appelle :

– Baku ! Koto !

Le vieux au chapeau de paille s'approche. S'adressant aux enfants, il répète :

– Baku ! Koto ! Que faites-vous ici ? Pourquoi ne m'avez-vous pas attendu à l'entrée du pont ?

3

Basho

Les samouraïs se tournent vers le vieil homme :

– Vous connaissez ces enfants, maître ? l'interroge l'un d'eux.

– Bien sûr ! Ce sont Baku et Koto, deux de mes meilleurs élèves !

Aussitôt, Léa improvise :

– Bonjour, maître. Nous… euh… nous étions en avance, alors…

– Nous sommes venus à votre rencontre, termine Tom.

Le vieillard hoche la tête :

– Puisque nous nous sommes retrouvés, tout va bien !

Les samouraïs s'inclinent. L'un d'eux déclare :

– Nous vous avons effrayés. Veuillez nous excuser.

– Ce n'est rien, lui assure Léa.

– Nous vous laissons avec vos élèves, très honoré maître, reprend-il. Merci de votre visite.

Les trois guerriers se courbent de nouveau profondément et s'en vont.

« Très honoré maître ? se demande Tom. Qui est donc ce petit vieillard, à l'air si ordinaire ? »

Celui-ci observe les enfants, et ses yeux pétillent de gaieté :

– Vous n'avez plus rien à craindre, à présent.

– Merci beaucoup, dit Léa. Mais, désolée… Nous ne sommes pas Baku et Koto.

– Je le sais bien. Mais vous n'êtes pas non plus des espions, n'est-ce pas ?

– Oh non ! s'écrie Tom.

– C'est ce que j'ai pensé. Voilà pourquoi je suis venu à votre aide. Maintenant, si vous m'expliquiez ce que vous faites ici, dans le Jardin impérial ?

– Je m'appelle Tom, et voici ma sœur, Léa, répond le garçon.

Puis il reste muet. Comment raconter la maladie de Merlin, la mission que leur ont confiée Teddy, Kathleen et la fée Morgane ?

C'est Léa qui continue :

– Nous sommes ici pour découvrir un des secrets du bonheur.

Le vieux maître sourit :

– Ce sont des secrets que nous souhaitons tous connaître. Mais vous devrez vous montrer très prudents. Aucun étranger n'est autorisé à pénétrer dans notre pays, le shogun l'interdit. Si vous êtes pris sans passeport, vous serez sévèrement punis.

– Nous le savons, soupire Léa. Mais comment faire ?

– Si vous m'accompagniez, aujourd'hui ? Vous prétendrez être mes élèves, Baku et Koto.

– Ce serait formidable ! s'enthousiasme Tom.

– Seulement, *restez en harmonie avec ce qui vous entoure*, recommande le maître. Observez les habitants d'Edo et comportez-vous comme eux. Ainsi, les samouraïs ne vous remarqueront pas.

– C'est entendu, promet Léa.

Et Tom se répète pour lui-même :

« *Restez en harmonie avec ce qui vous entoure.* »
Cela lui paraît vraiment être un sage conseil.

Le vieil homme se met en route, et les enfants s'empressent de le suivre.

– S'il vous plaît, lui demande Léa, quel est votre nom ?

– Mes amis m'appellent Basho.

– Et pourquoi les samouraïs vous donnent-ils le titre de très honoré maître ? veut savoir Tom.

– Parce que je suis leur professeur.

– Et que leur enseignez-vous ?

De nouveau, Basho sourit malicieusement :

– Aujourd'hui, ils ont appris à écouter le chant d'un criquet et à penser comme une grenouille.

– Super !

« C'est sans doute un entraînement spécial, imagine le garçon. Un exercice de concentration pour apprendre aux guerriers à sentir l'approche de l'ennemi. »

Le vieil homme fait passer les enfants par un haut portail de bois. Ils traversent des douves sur un pont de pierre. Puis ils suivent un sentier jusqu'au quai qui borde un fleuve.

Deux pêcheurs sont en train de charger dans une barque à fond plat des paniers où frétillent des poissons argentés.

– Bonjour ! leur lance Basho.

– Bonjour, maître Basho !

« Tout le monde a l'air de le connaître »,
pense Tom.

– Pourriez-vous nous emmener, mes
élèves et moi ?

– Bien sûr, maître Basho !

– Nous serons honorés de vous transporter sur notre humble bateau.

Tom, Léa et le vieil homme montent à bord et s'assoient près des paniers.

Les pêcheurs détachent l'amarre. Puis, à l'aide de longues perches, ils éloignent le bateau du quai.

L'embarcation glisse sous une série de ponts, passant de l'ombre à la lumière.

Soudain, un choc secoue les passagers.

– Veuillez nous pardonner, maître ! s'excuse l'un des pêcheurs. À cet endroit, l'eau est peu profonde.

– Il n'a pas plu depuis longtemps,

ajoute l'autre. Ça nous cause beaucoup de souci.

– Oui, dit Basho. Cela m'inquiète aussi.

– Pourquoi est-ce inquiétant ? demande Léa.

– Les habitants d'Edo craignent le feu, explique Basho. Il y a vingt-cinq ans, lors d'une période de sécheresse, la moitié de la cité a été détruite par un gigantesque incendie. Des milliers de gens sont morts.

– Oh ! fait Léa. C'est terrible.

– Depuis, poursuit le vieil homme, chacun a travaillé dur pour rebâtir la capitale, plus belle encore qu'avant. Tout le long de la rive, il y a de nouveaux châteaux, où vivent les samouraïs. Regardez celui-ci !

Basho désigne une falaise rocheuse qui domine le fleuve. Tom s'abrite les yeux du revers de la main. Il aperçoit de hauts murs de pierre et des toits aux bords incurvés.

– On l'appelle le palais aux Mille Tapis.

– Et vous, reprend Léa, où habitez-vous ?

– Mon château est de l'autre côté du Grand Pont, répond Basho avec un sourire.

Tom se demande combien de tapis contient la demeure de Basho.

Passé les falaises, on voit de plus en plus d'embarcations sur le fleuve : des bateaux à voile, des barges chargées de caisses, des navires transportant des passagers, qui s'abritent sous des ombrelles.

La barque se dirige vers un quai, près d'un marché très animé. Des poissons luisent sur les tables. On vend aussi des crevettes, des pieuvres, des coquillages…

– Attendez-moi ici, dit Basho. Je vais aider les pêcheurs à débarquer leur marchandise.

Les enfants patientent donc, pendant que les trois hommes, un lourd panier sur la tête, montent l'escalier de pierre qui conduit au marché.

Soudain, Léa pousse une exclamation :

– Oh, non !

Sur le quai, un petit groupe de samouraïs est en train de vérifier les passeports des pêcheurs.

– Vite ! souffle Tom. Faisons semblant de travailler !

Chacun des enfants s'empare d'un panier. En soulevant le sien, Tom vacille sous le poids. Deux poissons lui tombent sur le nez avant de s'écraser à terre.

– Ça ne fait rien ! Laisse-les ! chuchote Léa.

Et, leur chargement sur la tête, ils se dépêchent de rattraper Basho.

Le vieil homme a vu les samouraïs, lui aussi. Après avoir déposé les poissons sur l'étal d'une marchande, il s'adresse aux pêcheurs :

– Merci de nous avoir amenés jusqu'ici ! Nous allons continuer à pied.

Il salue les hommes, qui s'inclinent :

– Bonne route, maître Basho !

« Ouf ! » pense Tom, soulagé.

Basho entraîne ses protégés hors du marché. Ils débouchent bientôt sur une route où circulent de nombreux voyageurs, à pied ou à cheval.

Tout en avançant parmi la foule, Tom se souvient du conseil du vieil homme : « *Restez en harmonie avec ce qui vous entoure.* »

Il s'efforce d'imiter le pas régulier des autres passants, tout en se demandant : « Comment on va faire, si on doit tout le temps fuir les samouraïs ? »

– Regarde ! s'exclame soudain Léa.

Une haute construction en forme d'arche enjambe le fleuve. Des centaines de gens l'empruntent dans les deux sens.

– Voici le Grand Pont, déclare Basho. Il va nous conduire sur l'autre rive du fleuve Sumida. C'est là que j'habite.

Le garçon est un peu rassuré. Ils seront sans doute moins en danger là-bas, loin du centre de la ville. Et ils pourront s'occuper

de leur mission : trouver l'un des secrets du bonheur.

Tom, Léa et Basho se mêlent à la foule, marchant l'un derrière l'autre, le long du parapet de bois. Tom, la tête baissée, prend bien soin de ne regarder personne dans les yeux.

Sur la berge, des gens pique-niquent, des enfants jouent avec des cerfs-volants.

– Comment s'appelle cette montagne, demande Léa en désignant un haut sommet couvert de neige, qui scintille au loin, au milieu des nuages.

– C'est un mont volcanique. On l'appelle le mont Fuji, dit Basho.

– Oh, j'en ai entendu parler ! s'écrie Tom. C'est la plus haute montagne du Japon, n'est-ce pas ?

– Oui, confirme Basho. Et la plus belle !

Les enfants acquiescent. Tout, autour d'eux, leur semble magnifique : les ombrelles multicolores des passagers d'un bateau, qui remonte le fleuve ; les cerisiers en fleurs frissonnant dans la brise, sur la berge ; les cerfs-volants rouges et les mouettes blanches, qui planent ensemble dans le ciel bleu.

– J'aime le Japon, murmure Tom.

Basho hoche la tête :

– Moi aussi. Nous appelons notre pays « le monde flottant », parce qu'il semble flotter sur la beauté.

C'est vrai. Durant cette traversée du Grand Pont, Tom a l'impression de flotter, lui aussi, sur ce monde merveilleux.

4

Des sushis et des sumos

À la sortie du pont, Basho entraîne les enfants le long du fleuve.

Sur la rive, des estrades de bois se succèdent. Sur l'une d'elles des femmes maquillées de blanc, vêtues de kimonos chatoyants, dansent en agitant des éventails. Sur la suivante, des musiciens pincent les trois cordes d'un curieux instrument, tandis qu'un autre souffle dans une flûte de bambou. Cela produit des sons étranges, aigus ; mais cette musique plaît à Tom.

Plus loin, des marionnettistes vêtus de noir manipulent un dragon géant. Juste à côté, un homme récite un texte.

Les spectateurs se pressent pour regarder. Ils sont si nombreux qu'il est difficile d'entendre.

– Qu'est-ce qu'il dit ? demande Léa.

– Il raconte la légende du dragon des Nuages, lui explique Basho. C'est l'un des gardiens des quatre points cardinaux. Il vole et commande à la pluie.

Ils passent entre des échoppes où l'on vend des perles, des tissus, de magnifiques cerfs-volants, des lanternes en papier de soie.

Des gamins proposent des yo-yo de toutes les couleurs aux passants. Tom est étonné de trouver ce genre de jouet dans le Japon d'autrefois !

Plus loin, l'air s'emplit d'un parfum d'épices et de poisson grillé.

– Hmmmm…, s'exclame Léa. Ça donne faim !

Tom approuve. Lui aussi, il mangerait bien quelque chose.

– Arrêtons-nous dans une maison de thé, propose Basho.

Il les conduit vers un bâtiment bas.

À l'entrée, le vieil homme se déchausse. Tom et Léa l'imitent aussitôt, et tous trois placent leurs sandales à côté de la porte, avec celles des autres clients.

À l'intérieur de la maison de thé, des cuisiniers s'activent près d'un fourneau à bois.

Les gens sont assis autour de tables basses. Ils mangent avec des baguettes et boivent dans de petites tasses. Plusieurs convives saluent Basho de la tête.

« C'est vraiment un maître très célèbre », pense Tom. Il se sent tout fier d'accompagner un personnage aussi important.

Le vieil homme se dirige vers une table et s'agenouille sur un tapis de paille. Les enfants font de même.

Un serveur s'empresse :

– Bienvenue dans notre humble établissement, maître Basho.

« Les gens sont vraiment polis, ici », remarque Tom.

Le serveur leur tend à tous les trois des serviettes chaudes. Les enfants observent Basho.

Voyant qu'il s'essuie les mains avec sa serviette, ils en font autant. Basho commande des sushis et des makis, pour lui et ses « élèves ».

Pendant que le serveur va chercher les plats, Tom observe attentivement la salle. Il constate que tous les gens utilisent adroitement leurs baguettes. Sa sœur et lui ne réussissent jamais à s'en servir, quand leurs parents les emmènent au restaurant chinois.

Le serveur leur apporte trois assiettes emplies de sushis et de petits paquets enveloppés dans des feuilles vertes, ainsi que des baguettes.

– Super, dit Tom, dès qu'il s'est éloigné. Les sushis ont l'air délicieux !

Basho précise :

– Ceux-là sont des makis, faits de riz et de poisson cru enveloppés dans des algues. C'est très bon.

Tom a tellement faim qu'il est prêt à manger n'importe quoi, même du poisson cru avec des algues. Son seul problème, c'est le maniement des baguettes.

Lui et sa sœur essaient d'imiter les gestes de Basho. Mais, avant qu'ils aient porté un morceau à leur bouche, il retombe et roule sous la table.

Les enfants pouffent. Ils recommencent. Tom échoue encore une fois. Sans réfléchir, il attrape le sushi entre ses doigts et le gobe :

– Hmmm ! Succulent !

À cet instant, il manque d'avaler de travers. Depuis une table voisine, deux samouraïs le fixent d'un air féroce. Le premier a le visage barré par une grosse

cicatrice. L'autre fronce ses énormes sourcils noirs.

« Ils ont compris que je ne suis pas un vrai Japonais ! » pense le garçon, affolé.

Les samouraïs dardent sur lui leurs yeux perçants. Tom sent sa main trembler.

Il se rappelle un passage du livre sur le Japon :

« Les samouraïs sont doués d'un grand pouvoir de concentration. »

Il doit faire comme eux. Cachant sa peur, il se concentre sur ses baguettes. Calmement, il porte un sushi à sa bouche. Il repose les baguettes.

Il mâche en prenant son temps. Il saisit un maki.

Quand il lève de nouveau les yeux vers les samouraïs, ceux-ci ne s'intéressent plus à lui.

– Bien joué, le félicite Basho avec un sourire approbateur.

Le repas terminé, ils vont remettre leurs sandales.

Au moment où ils sortent, un tambour se met à battre. La foule se rassemble sur la berge du fleuve.

– Que se passe-t-il ? demande Léa.

– Venez voir, les invite Basho.

Des gens reconnaissent le vieux maître et s'écartent pour le laisser passer. Tom et Léa se retrouvent au premier rang.

Sur le sol, on a délimité une sorte de piste avec des rouleaux de paille. Au centre, deux hommes accroupis se font face.

Chacun d'eux doit peser au moins cent cinquante kilos ! Ils frappent des mains et tapent des pieds d'un air menaçant.

– Vous allez assister à un combat de sumos, explique Basho. Ici, c'est le sport le plus populaire depuis des siècles.

Les lutteurs sont maintenant immobiles, les yeux dans les yeux. L'assistance retient son souffle.

Soudain, l'un des sumos plonge en avant et entoure l'autre de ses bras.

– Il va essayer d'entraîner son adversaire hors du cercle, commente Basho.

Les colosses grognent et soufflent, ils avancent et reculent, tandis que les spectateurs les encouragent à grands cris.

L'un des lutteurs fait un brusque mouvement et se précipite sur son adversaire, le poussant hors de la piste.

La foule rugit de joie. Tom s'aperçoit qu'il rugit aussi.

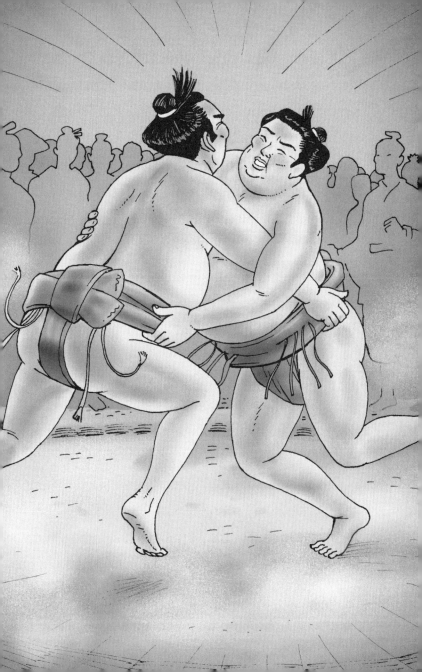

À cet instant, deux samouraïs se plantent devant les enfants. Le premier a le visage marqué d'une large cicatrice. L'autre a d'énormes sourcils noirs. Le balafré gronde :

– Montrez-nous vos passeports !

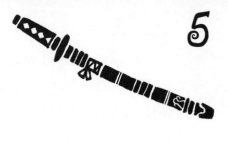

5

Un bon élève

Tom et Léa sont pétrifiés. Mais Basho fait un pas en avant. Dès qu'ils le voient, les samouraïs s'inclinent :

– Bonjour, maître.

– Bonjour, dit Basho. Koto et Baku sont mes élèves. Je crains qu'ils n'aient oublié leurs passeports chez eux.

– Vos élèves ? s'étonne le balafré.

– Et même de très bons élèves !

Sourcils Noirs dévisage les enfants avec intérêt. Avec un sourire, il demande :

– Partageriez-vous vos talents avec nous ?

« Quels talents ? s'interroge Tom, pani-
qué. On va devoir se battre ? »

Basho remarque son trouble. Il suggère :

– Vous pourriez réciter chacun l'un de
vos poèmes.

– L'un de nos poèmes ? répète le garçon
d'une voix étranglée.

« Les samouraïs s'intéressent donc à la
poésie ? » pense-t-il, ahuri.

Mais Léa s'exclame :

– Quelle bonne idée !

Et elle récite le début d'une poésie qu'elle a apprise à l'école :

Dame souris trotte,
Noire dans le gris du soir,
Dame souris trotte,
Grise dans le noir.[1]

Le balafré approuve de la tête :

– Excellent, Koto ! *Grise dans le noir…*

– Oui, c'est joliment trouvé ! s'écrie Sourcils Noirs.

Il se tourne vers Tom :

– Et toi, Baku ?

Le garçon se balance d'un pied sur l'autre. Rien ne lui revient en mémoire, pas même une comptine de l'école maternelle. Il bredouille :

– Un… poème ? Euh…

1. Paul Verlaine.

Il prend une grande inspiration et improvise :

J'aime le Japon,
Oh oui !
Le Japon est un pays… euh…
Que j'aime.

Son « poème » est très mauvais, il le sait. Le samouraï aux gros sourcils se tourne vers le maître d'un air interrogateur :

– Un excellent élève, avez-vous dit ?

– Hmm, fait le vieil homme, Baku est

réel talent. Certes, il lui faut encore travailler. Cependant…

Les sourcils du samouraï se froncent encore plus :

– Et il a laissé son passeport chez lui, maître Basho ? Où habite-t-il ?

À cet instant, le tambour bat de nouveau.

Une nouvelle lutte va commencer. Les deux samouraïs se tournent aussitôt vers la piste.

– Venez, souffle Basho aux enfants. Je vous emmène chez moi. Vous serez en sécurité.

Les trois compagnons quittent discrètement les lieux et se fondent dans la foule.

Des marchands ambulants passent en vantant leurs marchandises :

– Sandales ! Bonnes sandales de paille !

– Gâteaux de riz ! Pâtisseries !

Un gamin chargé de cages en osier crie :

– Oiseaux chanteurs ! Achetez mes oiseaux !

Tom écoute à peine. Il a trop peur que les samouraïs surgissent derrière lui.

Soudain, une main se pose sur son épaule. Le garçon sursaute. Ce n'est que Basho, qui indique :

– Je vis par là-bas !

Ils franchissent une passerelle qui enjambe un canal. Ils passent près d'un temple, puis devant une rangée de petites maisons de bambou.

Dans la cour d'une ferme, des poules picorent. Deux jeunes enfants jouent à la toupie. L'un d'entre eux lance :

– Bonjour, maître Basho !

Le vieil homme lui adresse un signe amical.

Ils suivent un sentier bordé d'un bois de pins, le long du canal. Ça sent bon. Tom commence à respirer plus facilement.

Le soleil va bientôt descendre derrière la cime des arbres. Le garçon se demande

à quoi ressemble
la demeure de maître
Basho. Il imagine de hauts murs de pierre
surmontés de toits pointus, comme le
château des samouraïs qu'ils ont vu au
bord du fleuve.

Ils arrivent à la lisière d'une clairière.
Au milieu de la clairière, il y a un étang.

De l'autre côté de l'étang, un sentier pavé de pierres moussues mène à une minuscule maison de bambou, au toit de bardeaux[1]. Près de la maisonnette, une haute plante aux larges feuilles tombantes frémit dans le vent du soir.

– Bienvenue dans mon château ! s'exclame Basho.

1. Petites planches de bois qui servent de tuiles.

6

Le bananier

– Votre… château ? répète Tom, inter-
loqué.

Basho le regarde gentiment :

– Dans mon cœur, ma modeste maison
est plus noble que les magnifiques palais
des samouraïs. Et mon bananier contient
plus de beauté que le Jardin impérial.

Les enfants observent la plante aux
larges feuilles tombantes.

– J'aime tant cet arbuste, reprend le vieil
homme, que je lui ai emprunté mon
nom[1].

1. *Basho* signifie « bananier » en japonais.

Léa approuve de la tête :

– C'est très joli, ici.

Tom ne dit rien. Lui, il trouve la maison branlante et le bananier bien maigrichon.

– Entrez donc ! les invite Basho.

Il ôte ses sandales et les laisse à l'extérieur, près d'un tas de bois. Il ramasse au passage un fagot et quelques bûches, puis courbe la tête pour franchir la porte basse.

Tom et Léa se déchaussent à leur tour et suivent leur hôte dans une petite pièce sombre.

Basho repousse les volets afin de laisser passer les dernières lueurs du jour :

– Asseyez-vous !

Tom cherche un siège du regard, mais il n'en voit pas. Pour tout mobilier, il n'y a qu'une table basse et une commode en bambou. Trois nattes de paille recouvrent le sol de terre battue. Les enfants vont s'asseoir chacun sur l'une d'elles.

Basho allume une lampe à huile. Puis il fait du feu dans la cheminée.

– Je vais préparer le thé, annonce-t-il. Reposez-vous, pendant que je puise de l'eau au ruisseau.

Il s'empare d'un seau de bois posé près de la porte et sort.

Dès qu'il est parti, les enfants échangent un regard perplexe.

– C'est un château à trois tapis ! fait remarquer Léa.

Tom hoche la tête :

– Oui… Je pensais que la demeure d'un célèbre professeur en compterait au moins cent !

– Tout de même, reprend Léa, j'aime cette maison. On s'y sent bien.

– Moi, je me demande qui est vraiment Basho…

Une pensée traverse alors l'esprit de la petite fille :

– S'il est tellement connu, on parle peut-être de lui dans notre livre !

– Bonne idée !

Tom attrape le volume dans son sac. À la lumière dansante du feu, il cherche « Basho » dans l'index.

– Je l'ai ! s'écrie-t-il.

Quand il a trouvé la page, il lit :

Matsuo Basho est le premier des grands poètes japonais, célèbre pour ses haïkus.
Ce sont des poèmes très courts, et cependant très évocateurs.

– Un grand poète ! s'exclame Léa. Je comprends tout, maintenant !

– Oui. C'est pour ça que nous avons dû réciter un poème devant les samouraïs. Mais ça n'explique pas pourquoi un homme de sa réputation vit dans une telle cahute !

À cet instant, leur hôte revient avec le seau. Tom fourre vite le livre dans son sac.

Basho verse de l'eau dans un pot de fer, qu'il accroche au-dessus du feu. Il sort de la commode trois bols minuscules. Dans un sachet de toile, il prend des pincées de thé vert et les laisse tomber dans les bols.

Puis il attend patiemment que l'eau se mette à bouillir.

Tom et Léa attendent aussi. Bercé par le clapotis de la rivière, au-dehors, Tom se sent en paix pour la première fois de la journée.

Enfin, Basho verse l'eau bouillante dans les bols. Après avoir laissé le thé infuser, il en tend un à chaque enfant.

Tom aspire une gorgée du breuvage brûlant. Il le trouve amer.

– Hmmmm…, fait Léa. C'est un goût… intéressant !

Puis elle interroge le vieil homme :

– Maître Basho, mon frère voudrait savoir… Si vous êtes un poète célèbre, pourquoi vivez-vous dans une maison aussi… euh… aussi petite ?

– Léa ! proteste Tom, rouge comme une tomate.

Il se tourne vers Basho :

– Je… Ce n'est pas exactement ce que je voulais dire…

Basho se met à rire :

– Autrefois, j'ai suivi l'entraînement des samouraïs. Mais je n'étais pas heureux. Mon rêve était d'écrire de la poésie. Un poète n'a pas besoin d'habiter un château. Pour vivre, il ne lui faut que le vent et les nuages, les fleurs et les oiseaux. Ici, j'ai mon petit jardin, mon bananier et la chanson de la rivière à toute heure du jour. Ici, j'ai tout ce qu'il me faut pour me consacrer à mes poèmes.

– De quoi parlent-ils ? l'interroge Léa.

– D'un corbeau attrapant un escargot, d'un pic-vert frappant l'écorce du bec, d'aiguilles de pin emportées par la brise. Un poète trouve la beauté cachée dans les plus humbles choses de la nature.

– Et vous enseignez la poésie aux samouraïs ? intervient Tom.

– Oui. Les samouraïs ont un grand respect pour cet art. Il les aide à affiner leur esprit et à se concentrer.

Un guerrier doit être capable de composer un poème sur le champ de bataille.

Léa demande :

– Pourriez-vous nous réciter l'une de vos poésies ?

– Voyons… Je travaillais justement hier sur un nouveau texte.

Dans une petite boîte, sous la table, il prend une mince feuille de papier et lit :

Un vieil étang :
Une grenouille saute –
Bruit d'eau.

– Joli début ! apprécie Tom.

– Ce n'est pas un début. C'est le poème.
Un minuscule instant de vie.

Léa approuve de la tête :

– Ça me plaît beaucoup. J'ai toujours
aimé les grenouilles. Grâce à vous, je les
aime encore plus.

– Pourriez-vous le relire, s'il vous plaît,
demande Tom.

Il lui semble avoir raté quelque chose.

Basho répète :

Un vieil étang :
Une grenouille saute –
Bruit d'eau.

Le garçon hoche la tête, pensif :

– C'est bien. C'est vraiment bien.

Et il le pense. Il a l'impression de s'être trouvé lui-même au bord de cet étang tranquille, et d'avoir entendu le plongeon de la grenouille dans le silence.

– Puisque mon poème vous plaît, je vous l'offre.

Basho tend le papier à Tom, qui le range soigneusement dans son sac en remerciant.

À cet instant, une cloche sonne au loin.

– Ah, fait le poète, la cloche du temple ! Il est temps de se reposer.

Il se lève et ajoute :

– Je vais emporter ma natte dehors. Moi, je préfère dormir sous les étoiles. Vous, restez ici et couvrez-vous avec ces moustiquaires !

Il tire de la commode deux fins tissus de tulle, ainsi que deux couvertures à fleurs, et les tend aux enfants.

D'un air malicieux, il déclare :

– Soyez tranquilles ! Dans ma petite maison, il n'y a que de petits moustiques, pas des insectes énormes comme dans l'énorme Palais impérial !

Cette plaisanterie fait rire les enfants.

Basho emporte sa natte et referme la porte.

Le feu meurt doucement dans l'âtre, la lampe à huile s'éteint. Tom et Léa s'étendent sur les deux nattes restantes, se glissent sous leur couverture et se couvrent de leur moustiquaire.

Un grillon chante quelque part. Un rayon de lune passe par la fenêtre, dessinant sur le sol un pâle sentier de lumière. Dehors, le bananier frémit.

– On est mieux dans cette maisonnette que dans le plus beau des châteaux, murmure Léa. J'ai l'impression d'être un petit oiseau blotti dans son nid.

– Et moi, ajoute Tom, une feuille de bananier qui se balance dans le vent...

– On dirait un poème...

– Oui. Je devrais peut-être l'écrire...

Mais le garçon est déjà endormi.

7

Dong, dong, dong !

Tom ouvre les yeux. C'est l'aube. Une cloche sonne au loin : *Dong, dong, dong !*

Ce n'est pas le son argentin de celle du temple, mais un battement grave, puissant. Une odeur de brûlé flotte dans l'air.

Les enfants se lèvent et courent à la porte.

Basho, debout au milieu du jardin, fixe l'horizon, obscurci par une épaisse fumée noire.

– Il y a le feu ? demande Tom, inquiet.

– Oui. Sûrement un incendie important,

car la cloche de la tour d'alarme n'arrête pas de sonner. C'est ce que l'on craint le plus, en ville. Il faut que j'aille aider les gens qui luttent contre les flammes.

– On vient avec vous !

– Non ! Restez ici !

Basho enfile ses sandales. Puis il s'empare de deux seaux de bois.

– Si le feu se rapproche, allez au bord de la rivière, vous y serez en sécurité.

– Mais nous voulons aider ! proteste Léa.

– Oui, enchérit Tom. Attendez-nous !

Les enfants se rechaussent eux aussi.

– Bon, accepte Basho. Mais, si ça devient dangereux, promettez-moi de revenir à la rivière !

– Promis ! lance Léa.

– Alors, allez chercher l'autre seau et suivez-moi !

Tom rentre vite dans la maison. Le récipient est resté près de la cheminée. Mais, même vide, il est très lourd. Le garçon le soulève entre ses bras et ressort en le serrant contre sa poitrine.

Léa et Tom le prennent par l'anse, chacun d'un côté. À deux, c'est plus facile.

Ils suivent Basho sur le sentier entre les pins. Ils dépassent la ferme, où, dans la cour, les deux petits enfants observent le ciel rougeoyant avec des yeux effrayés. Le gamin s'adresse à Basho :

– Notre père dit que la scierie brûle !

– Il est allé aider, ajoute la fillette.

L'alarme sonne toujours lugubrement. Basho, Tom et Léa dépassent le temple. Ils franchissent le pont qui traverse le canal. Des familles passent en courant, tirant des

charrettes à bras où elles ont entassé leurs affaires. Elles fuient l'incendie.

Les trois compagnons, eux, se hâtent en sens inverse. Près de la maison de thé, des étincelles volent dans le ciel. Ici et là, des toits de bardeaux s'enflamment.

Lorsqu'ils arrivent aux entrepôts, le feu dévore déjà les marchandises et les poutres de bois en ronflant. Les riverains ont formé une chaîne et se passent des seaux d'eau que d'autres remplissent à la rivière ; avec des crochets, les plus courageux tentent d'arracher aux flammes des sacs et des paniers qui flambent.

– Aidez à remplir les seaux ! lance Basho aux enfants.

Le vieux poète s'empare d'un crochet et prête main forte aux sauveteurs.

Tom et Léa rejoignent la rive. Ils plongent leur récipient dans l'eau. Quand il est plein, ils arrivent à peine à le soulever. Heureusement un homme s'en saisit. Mais quelqu'un leur en passe aussitôt un vide pour qu'ils le remplissent.

Les enfants toussent. La fumée leur brûle la gorge et leur pique les yeux. Ils remplissent des seaux, encore et encore.

Le dos leur fait mal, leurs bras sont douloureux. Mais ils ne s'arrêtent pas. Ils combattent l'incendie de toutes leurs forces au côté des habitants.

Hélas ! Les flammes montent toujours plus haut. Le vent emporte des étincelles. De l'autre côté de la rivière, une maison commence à brûler.

– Oh, non ! gémit une femme. La ville est menacée, maintenant !

– Si les silos de riz prennent feu, crie un homme, toute la récolte va être détruite !

Des gens sont en larmes. Tom a bien envie de pleurer, lui aussi : tant de beauté qui va disparaître ! Il se tourne vers sa sœur et lâche :

– C'est fichu !

Léa s'écrie alors :

– Non, ce n'est pas fichu ! La baguette ! Utilisons la baguette de Dianthus !

– Oh, bien sûr ! Ce qu'on est bêtes !

Mais elle est dans mon sac ! Dans la maison de Basho !

– Il nous la faut ! décrète sa sœur. Viens !

Au passage, la petite fille lance au vieil homme :

– On retourne chez vous !

Celui-ci approuve :

– Oui ! Mettez-vous en sûreté ! Si le feu se rapproche, sautez dans la rivière !

Les enfants ne répondent pas. Ils courent de toutes leurs forces, franchissent le pont, passent devant le temple, traversent le bois de pin.

Ils se ruent dans la petite maison. Tom fouille dans son sac, attrape la baguette. Puis, ressortant dans la cour, il l'agite dans les airs :

– Fais quelque chose, baguette ! ordonne-t-il. Éteins l'incendie !

Rien ne se passe. Les flammes rouges se tordent toujours, au-delà du bois, envoyant vers le ciel des tourbillons de fumée noire.

Léa ôte la corne de Dianthus des mains de son frère :

– Laisse-moi essayer !

À son tour, elle l'agite en criant :

– Éteins l'incendie ! Tout de suite ! Ne laisse pas la ville brûler !

– Ça ne marche pas, se désole Tom. On ne fait sans doute pas ce qu'il faut.

– Pourtant, on l'utilise pour aider les autres ! Et on a tout essayé avant de s'en servir !

Soudain, le garçon se souvient :

– Cinq mots ! On ne doit utiliser que cinq mots !

– Oh, c'est vrai !

De nouveau, Léa lève la baguette. Bien distinctement, elle clame :

– Éteins – ce – feu – maintenant !

– Encore un mot ! lui souffle Tom.

– Euh…, fait la petite fille.

Puis elle lance :

– Merci !

Aussitôt, une rafale les jette à terre ; un éclair jaillit. Les enfants ont l'impression d'être emportés par un vent glacé à travers un tourbillon de lumière.

Quand tout s'apaise, ils clignent des yeux. L'air est froid, très pur, transparent comme du cristal. Le soleil qui se lève illumine les rochers, autour d'eux.

Tom et Léa sont debout, au sommet d'une haute montagne.

8

Le dragon de l'aube

– Tom ? Ça va ?

Léa tient toujours la baguette. Un vent glacial lui rabat les cheveux dans la figure.

– Oui, ça va, la rassure son frère. Qu'est-ce qui s'est passé ? Où sommes-nous ?

Le soleil est éblouissant. Le garçon s'abrite les yeux de la main. Au-dessous de lui flottent des nuages roses qui ressemblent à de la barbe à papa.

– On est sans doute sur le mont Fuji.

– Le mont Fuji ? Mais qu'est-ce qu'on fait là ?

À ce moment, les nuées s'écartent. Tout en bas, on aperçoit des bâtiments en flammes. Tom retient son souffle, puis il lâche :

– Edo brûle ! C'est là-bas qu'on devrait être !

– La baguette n'a peut-être pas bien compris ? Elle a peut-être seulement voulu nous sauver ?

Les nuages se mettent à tourbillonner. Ils passent du rose au gris, du blanc au doré. Et, soudain, la tête d'un gigantesque dragon surgit de la masse cotonneuse.

– Aaaaaaaaaaaah ! hurlent les enfants d'une seule voix.

Terrifiés, ils se serrent l'un contre l'autre et s'aplatissent contre un rocher.

Le monstre a plusieurs cornes autour du front et de longues moustaches. Une collerette écailleuse lui entoure la tête, une langue fourchue sort de sa gueule garnie de crocs. Son long corps, semblable à celui d'un énorme serpent, se love sur le flanc de la montagne. Son dos est hérissé de pointes osseuses.

Le dragon ouvre ses griffes puissantes, dix fois plus grandes que celles d'un aigle, et agrippe un énorme rocher.

Tom se fait le plus petit possible. Mais, brusquement, sa sœur se redresse :

– J'ai compris !

Elle s'incline profondément devant la créature et déclare :

– Merci d'être venu, dragon !

– Léa ! souffle son frère, affolé. Ne bouge surtout pas !

– Mais, Tom, c'est le dragon des Nuages ! Celui du spectacle de marionnettes ! Tu te souviens ? La baguette nous a amenés jusqu'à lui.

– Hein ? Mais… pourquoi ?

– Il commande à la pluie ! La pluie, Tom !

Le dragon agite lentement sa grosse tête. Ses écailles luisent dans la lumière de l'aube. Il semble attendre quelque chose.

– Viens, Tom ! décide Léa. Montons sur son dos ! Il veut qu'on lui montre ce qu'il doit faire.

– Oh… ! Euh… D'accord, balbutie le garçon.

Dans quelle aventure sa sœur va-t-elle encore les entraîner ?

Léa escalade le dos du dragon. Elle s'installe entre deux pointes. Tom grimpe derrière elle. Il s'agrippe à un piquant comme s'il se tenait au pommeau d'une selle.

Léa se penche et ordonne :

– Vole au-dessus du feu, dragon ! Fais tomber la pluie !

Obéissante, l'énorme créature décolle et se met à glisser entre les nuées tel un serpent à travers l'herbe d'un pré. Bientôt, elle survole Edo. Des flammes rouges et des tourbillons de fumée montent au-dessus des toits.

– Envoie la pluie, dragon ! crie Tom.

Le dragon des Nuages ouvre la gueule. D'énormes volutes noires sortent de son gosier et se répandent dans le ciel. Un éclair jaillit, le tonnerre roule sourdement. Et la pluie commence à arroser la ville.

La créature tournoie, crachant de nouveaux nuages. Un véritable déluge s'abat sur la cité en feu, les rizières, les châteaux des samouraïs, le Grand Pont et le marché aux poissons, sur les auberges, les théâtres de rue, les temples et les fermes.

Peu à peu, les flammes s'éteignent, la fumée se disperse. La pluie emplit les rivières, le fleuve et les étangs asséchés.

– L'incendie est vaincu ! se réjouit Tom.

– Ramène-nous chez Basho ! commande Léa au dragon.

L'énorme créature vire si brusquement dans les airs que les enfants sont éjectés de son dos. Ils se cramponnent un moment aux piquants de la bête, puis finissent par lâcher prise.

Ils culbutent dans le vide en hurlant.

Splash ! Splash !

Tom et Léa sont tombés au beau milieu de la rivière.

Agitant les bras et les jambes, ils remontent à la surface.

Ils crachent de l'eau, reprennent leur souffle. Puis ils nagent jusqu'à la berge et s'écroulent sur la terre boueuse.

Dans sa chute, Tom a rattrapé ses lunettes de justesse. Léa n'a pas lâché la baguette de Dianthus. Mais tous deux ont perdu leurs sandales, et leurs kimonos trempés leur collent à la peau.

Le dragon des Nuages a disparu.

9

Les fleurs
d'Edo

– On a réussi ! se réjouit Léa. On a su utiliser la magie !

Tom se relève, un peu étourdi :

– Oui. Et le dragon des Nuages a éteint l'incendie. On ne doit pas être loin de la maison de Basho.

– Forcément, puisqu'on a demandé au dragon de nous y ramener !

Les enfants suivent la rive. Bientôt, ils aperçoivent la clairière, entre les arbres. Ils y courent.

Alors, Léa lâche :

– Oh, non… !

Des poutres carbonisées fument sous les dernières gouttes de pluie. Le toit de bardeaux, les murs de bambou, tout a brûlé ; la petite maison est détruite.

– Où est Basho ? s'écrie Tom, affolé.

– Il est là !

Le vieux poète est assis sur une grosse bûche, près du bananier intact. Il serre contre lui la boîte contenant ses poèmes. Lorsque les enfants s'approchent, un sourire illumine son visage noir de suie :

– Je vous ai cherchés près de la rivière sans vous trouver. J'étais très inquiet. Je suis bien heureux que vous soyez sains et saufs !

– Nous aussi, on est heureux de vous voir ici !

– Mais votre maison a brûlé… gémit Léa.

– Oui, une étincelle y a mis le feu. Cette pluie miraculeuse est tombée trop tard, soupire le vieil homme.

Les enfants s'assoient à côté de lui. Tous trois fixent les décombres en silence. On n'entend que le bruit de l'eau qui goutte des arbres. Un pigeon roucoule quelque part.

– Au moins, reprend Léa, vous avez toujours votre bananier. J'aime le clapotis de la pluie sur ses feuilles.

– Oh oui, approuve Basho, moi aussi. Et, vous voyez, j'ai sauvé mes poèmes.

– Vous reconstruirez votre maison, reprend la petite fille d'une voix confiante.

– Et elle sera encore plus belle qu'avant ! enchérit Tom. Ce sera… un vrai château !

Basho hoche la tête :

– C'est sans doute pour ça que nos ancêtres appelaient les incendies « les fleurs d'Edo ». Parce qu'ensuite tout était rebâti à neuf. De même que, après un rude hiver, les fleurs du printemps redonnent aux arbres toute leur beauté. Une chose me désole, cependant : je ne peux plus vous loger.

– Ne vous inquiétez pas, le rassure la petite fille. Nous allons rentrer chez nous.

– Est-ce loin d'ici ?

– Très loin. Mais nous devons d'abord retourner au Jardin impérial.

Tous trois se lèvent, et Basho déclare :

– Eh bien, je vous raccompagne jusque-là.

Le vieil homme ramasse son bâton de marche. Puis il emmène Tom et Léa à travers le quartier ravagé par l'incendie : les boutiques, les petits théâtres, les maisons de thé, presque tout a brûlé.

Arrivé au bord du fleuve, Basho fait signe à un bateau. Le pilote vient se ranger le long de la berge, et ils embarquent.

– Bienvenue à bord, maître Basho, lance le batelier.

Les passagers saluent le vieil homme d'un sourire. Beaucoup d'entre eux sont salis de cendres et de suie. Mais on dirait que la présence du poète leur redonne espoir.

– Cette pluie a été un vrai miracle, n'est-ce pas, maître Basho ? dit une vieille femme. Sans elle, toute la cité aurait flambé.

– Oui, intervient Léa. Le dragon des Nuages est arrivé à temps !

– Léa… ! souffle Tom en lui donnant un coup de coude.

Basho sourit à la petite fille :

– Ce n'est qu'une légende, mais c'est bon de faire semblant d'y croire…

L'embarcation poursuit son voyage. Des lambeaux de brume montent du fleuve ; des oiseaux chantent. Sur la rive, des gens s'affairent à nettoyer les dégâts. Ils entassent les tuiles brisées et les poutres carbonisées. Bientôt, un rayon de soleil filtre entre les nuages.

Le bateau glisse sous le Grand Pont, il longe le quai du marché aux poissons. Les enfants reconnaissent les murs et les toits du château des samouraïs.

Quand ils arrivent à l'embarcadère, non loin du Jardin impérial, le soleil a séché leurs kimonos.

Tom, Léa et Basho traversent dans l'autre sens le pont qui enjambe les douves. Ils franchissent la grande porte, remontent le sentier et revoient l'étang où nagent des cygnes.

Depuis qu'ils sont entrés dans le jardin, Tom surveille les alentours de peur de voir surgir des samouraïs, à pied ou à cheval. Mais tout semble paisible.

Les saules balancent leurs longues branches souples, l'eau de la cascade clapote gaiement.

Et la cabane magique attend, au sommet d'un cerisier en fleurs.

Tom s'arrête :

– Merci, maître Basho. À partir d'ici, nous connaissons le chemin.

– Vous êtes sûr ? demande le poète.

Il n'a pas remarqué la présence de la cabane.

– Tout à fait sûrs, renchérit Léa. Nous serons vite chez nous, maintenant.

Basho hoche la tête :

– Ça me rappelle une phrase du philosophe Lao Tseu, qui vivait en Chine il y a plusieurs siècles : « *Le plus long des voyages commence toujours par un pas.* »

Tom hoche la tête :

– J'ai l'impression de l'avoir déjà entendue...

– Oui, les mots durent parfois plus longtemps que ceux qui les ont prononcés. Les miens me survivront-ils ?

– Moi,
j'en suis sûre !
affirme Léa.

Son enthousiasme fait sourire
le vieil homme :

– En tout cas, si vous revenez à Edo,
passez me voir ! Je vous montrerai ma
nouvelle maison près de la rivière.

– Merci pour tout, dit Tom. Et au revoir,
maître Basho.

Tous trois se saluent en s'inclinant. Puis
le poète s'en retourne, seul, sur le sentier.

Les enfants le regardent s'éloigner. Des
pétales de fleurs emportés par la brise
voltigent dans les airs.

Au moment où Tom et Léa s'apprêtent à rejoindre la cabane, un homme surgit de l'ombre des arbres. Il a le crâne rasé et porte deux sabres à la ceinture.

Un samouraï !

– Vos passeports ! ordonne-t-il d'une voix dure.

10

Le plus long des voyages

Tom, pétrifié, reste muet.

– Nos… passeports ? balbutie Léa, paniquée. Je… Euh… On était de l'autre côté du Grand Pont, et… ils ont brûlé dans l'incendie.

Le samouraï la scrute du regard :

– Brûlé ? Et que faisiez-vous, là-bas ?

Tom retrouve enfin l'usage de la parole :

– Nous rendions visite à maître Basho.

– Oui, enchaîne Léa. Nous sommes ses élèves.

Le visage du samouraï s'éclaire :

– Vous étudiez la poésie avec maître Basho ?

– Mais oui ! s'écrie Léa. Voulez-vous entendre un de nos poèmes ?

« Oh, non ! pense Tom, affolé. Pas ça ! »

– J'aimerais bien, répond le samouraï.

La petite fille réfléchit un instant, puis elle récite de nouveau des vers appris à l'école :

Tout luit, tout bleuit, tout bruit.
Le jour est brûlant comme un fruit
Que le soleil fendille et cuit.[1]

Le samouraï hoche la tête d'un air approbateur :

– Hmmm… Oui, très original, très joli !

1. Anna de Noailles.

Puis il se tourne vers Tom. Le garçon ose à peine respirer. Il a l'impression d'avoir de la purée à la place du cerveau. Il lance à sa sœur un regard implorant. Mais elle se contente de sourire, attendant qu'il récite quelque chose.

Tom se concentre de toutes ses forces ; il s'efforce de se rappeler ce qu'il a aimé pendant cette visite du Japon. Enfin, il lève la tête vers le ciel redevenu bleu et improvise :

Le soleil est chaud, le vent est tiède.
Mais le clair de lune et la brise de la nuit
Restent frais dans mon cœur.

– Wouah ! s'exclame Léa. C'est bien !

– Excellent ! enchérit le samouraï. Maître Basho a de bons élèves.

Et il s'éloigne en se répétant les vers inventés par Tom.

Ils sont libres ! Le garçon n'arrive pas à y croire.

– Vite ! dit-il. Montons dans la cabane avant que quelqu'un d'autre n'arrive !

Les enfants escaladent l'échelle de corde.

Arrivés en haut, Tom s'empare du livre sur le bois de Belleville et déclare :

– Comme disait le philosophe chinois : « *Le plus long des voyages commence toujours par un pas.* »

– Ou par une phrase ! ajoute Léa.

– C'est vrai !

Tom pose le doigt sur l'image et prononce la fameuse phrase :

– Nous voulons rentrer à la maison !

À cet instant, Léa s'exclame :

– Attends ! On n'a pas rempli notre mission !

– Hein ?

Trop tard ! Le vent commence à souffler, la cabane à tourner.

Elle tourne plus vite, de plus en plus vite.

Puis tout s'arrête, tout se tait.

Il fait frisquet, dans le bois, au petit matin.

La cabane s'est posée en haut du grand chêne. Les enfants portent leurs habits habituels. Tom a de nouveau son sac à dos. Il vérifie : la baguette de Dianthus est bien dedans, avec le papier sur lequel est inscrit le poème de Basho.

– Je n'arrive pas à le croire, se désole Léa. On n'a même pas cherché le secret du bonheur pour Merlin. Comment avons-nous pu oublier ?

– Oh ! lâche Tom, atterré. Avec l'incendie, les samouraïs, tout ça, on a été trop occupés.

– Que va dire Morgane ? On n'avait encore jamais échoué dans une mission. Et celle-ci était si importante !

La petite fille est au bord des larmes.

– Attends ! Calme-toi ! reprend son frère. Réfléchissons ! Nous l'avons peut-être trouvé sans le savoir, le secret du bonheur.

– Tu veux dire que… Qu'il y a eu des moments où on a été super heureux ?

– Quelque chose comme ça…

Léa réfléchit :

– Hmmm… Peut-être. Par exemple quand…

– Quand on traversait le Grand Pont avec Basho, continue Tom, j'étais heureux.

– Moi aussi. Et quand on mangeait des sushis.

– Oui, mais on a eu peur des samouraïs.

– Et… quand on volait sur le dos du dragon ?

– C'était super ! Mais j'étais trop inquiet à cause de l'incendie.

– Et quand on a inventé nos poèmes pour le samouraï ?

– J'étais trop nerveux… Non, je crois que je me suis senti pleinement heureux quand…

Il s'interrompt.

– Quand quoi ? le presse Léa.

Tom reste encore un instant songeur.

Puis il murmure :

– Quand j'étais couché sur la natte, chez Basho, et que j'entendais les feuilles du bananier frémir dans le vent.

– Oh oui ! Et moi, j'écoutais le grillon chanter, et j'avais l'impression d'être un petit oiseau, bien à l'abri dans son nid.

– C'est ce qu'expliquait Basho, reprend Tom. « *Un poète trouve la beauté cachée dans les plus humbles choses de la nature.* » Je crois que voilà un des secrets du bonheur : être attentif à tout ça.

– Tu as raison, s'exclame sa sœur. C'est un merveilleux secret ! Et le poème de Basho aidera Merlin à le comprendre.

Les enfants descendent de la cabane. Tandis qu'ils repartent chez eux en suivant le sentier, Tom remarque des fleurs minuscules qui pointent la tête hors de terre, des bourgeons d'un vert très pâle au bout des branches, des lichens jaunes sur l'écorce d'un arbre.

Émerveillé, il constate :

– J'ai l'impression de regarder notre bois pour la première fois !

– Moi aussi ! dit Léa.

Et tous deux se sentent heureux, *vraiment* heureux, de marcher ensemble dans la claire lumière d'un matin de printemps.

Fin

Si tu as envie de nous donner
tes impressions sur la série
ou de nous parler de **tes propres voyages**
réels ou imaginaires,
n'hésite pas à nous écrire !

Bayard Éditions
Série Cabane Magique
18, rue Barbès
92128 Montrouge Cedex

N'oublie pas d'écrire
ton nom et ton adresse sur la lettre !